Cahier d'un retour au pays natal

Fichesdelecture.com

Cahier d'un retour au pays natal (Fiche de lecture)

I. INTRODUCTION

Aimé Césaire est poète et homme politique français. Né en juin 1913 à Basse-Pointe, en Martinique Cahier d'un retour au pays natal est une œuvre poétique rédigée en 1938-1939, le Cahier se présente comme un long texte d'une quarantaine de pages, sous forme de vers libres publiées en 1947.

En 1934 alors qu'il était étudiant il créa avec Léopold Sédar Senghor et Léon Gontran Damas la revue contestataire « L'Étudiant noir ». C'est dans ces pages qu'ils définissent la négritude, selon Césaire : « La Négritude est la simple reconnaissance du fait d'être noir, et l'acceptation de ce fait, de notre destin de Noir, de notre histoire et de notre culture ».

Lorsqu'il retourne en Martinique, Aimé Césaire se rend compte du désastre économique et culturel qu'engendre le colonialisme dans son pays. Il tente de convaincre ses compatriotes de renouer avec leur culture ancestrale, seul moyen d'envisager pour les Antilles un avenir en rapport avec leurs ressources matérielles et spirituelles.

Influencé par le surréalisme, l'auteur s'insurge contre les discriminations, la misère et la violence, qui ont lieu aux Antilles, en Afrique ou à Harlem. André Breton a qualifié son ouvrage comme le « plus grand poème du XXe siècle ». Avec sa puissance incantatoire et sa révolte lucide, cette œuvre s'est imposée comme une référence de la poésie francophone du XXe siècle.

II. ANALYSE

Cette œuvre marque la naissance d'une nouvelle expression poétique caribéenne dont la ponctuation surréaliste rompt avec la littérature classique française. Ce texte est véritablement révolutionnaire dans la mesure où il présente une conception anticoloniale du monde, inédite jusqu'alors. Au vu de l'histoire, cette œuvre peut être considérée comme un signe précurseur des Indépendances à venir.

La poésie est à la fois surréaliste et engagée, sa forme en prose et non en vers la différencie de la poésie classique et l'élève au niveau d'épopée lyrique montrant les différentes épreuves initiatiques de la quête identitaire de l'auteur.

En effet le narrateur-personnage est l'alter ego du poète qui s'auto-proclame porte-parole de cette lutte à dimension universelle. Le poète via une écriture lyrique, poétique et parfois argumentative nous présente la définition de la négritude et la revendication de révolte après des siècles de soumission.

Le projet de la Négritude est plus culturel que politique, il dénonce l'idéologie coloniale française de l'époque. Il est à destination de tous les opprimés de la planète. Césaire déclare : « Je suis de la race de ceux qu'on opprime ».

Les poèmes de Césaire se découpent en plusieurs parties qui correspondent à des raisonnements, il y a l'état du peuple Antillais : complètement aliéné mais l'auteur refuse la victimisation du peuple antillais. Il y a ensuite un réquisitoire contre « la mission civilisatrice » de la colonisation occidentale. Et finalement, la négritude à l'origine de la célébration et de l'émancipation de la culture noire qui veut créer une fraternité humaine.

L'aliénation du peuple antillais

Le choix du poème en prose donne une portée idéologique au texte et fait de la poésie une arme au service de la liberté. Sur le cahier d'écolier, l'auteur souhaite maintenant écrire la culture de son pays et non celle des colonisateurs.

La situation martiniquaise à la fin des années 1930 est conformément à la description de l'auteur, un pays en proie à une aliénation culturelle profonde. Les élites ne se fient qu'aux références arrivant de la France, métropole coloniale. Le poète est à la fois veilleur et éveilleur en tentant de rendre l'espoir à ses compatriotes aliénés par une colonisation qui les prive de leur avenir en les coupant de leur passé.

L'auteur nous présente la misère et le désespoir du peuple antillais. Le narrateur retourne aux Antilles, sa terre natale, à la fin de ses études supérieures en métropole, et découvre le corps social aliéné, psychologiquement décomposé. Le jeune intellectuel choqué et triste décide de décrire et dénoncer cet état. Il ne reconnaît plus et ne peut plus s'identifier à cette communauté antillaise devenue l'ombre d'elle-même. Il veut que cette communauté prenne conscience de cet état, il refuse la victimisation et dénonce la résignation du peuple Antillais soumis à l'oppression coloniale.

Pour lui, le mutisme Antillais est inacceptable il est synonyme d'hypocrisie et de complaisance d'une victime face à son bourreau. Il faut agir, soit le colonisé se révolte contre le système colonial exprime son rejet soit il ne dit rien et accepte ce système de domination. Cependant on remarque que la plupart des Antillais suivent le second choix. En effet l'absence de cohésion sociale, ne permet pas au peuple Antillais de lutter contre l'autorité Européenne.

L'auteur nous présente une population « zombifiée » incapable de s'unir face au colonisateur, cette « étrange foule qui ne s'entasse pas, ne se mêle pas ... cette foule qui ne sait pas faire foule, cette foule, on s'en rend compte, si parfaitement seule sous ce soleil ». Cette passivité efface petit à petit la culture antillaise au bénéfice de la culture occidentale.

C'est pour conserver cette culture passée que l'auteur dans « au bout du petit matin » écrit la prise de conscience négritudienne et la désaliénation du peuple caribéen. Il veut le peuple s'oppose à la civilisation occidentale qui se manifeste à travers la construction orgueilleuse de buildings de vingt étages, orgueil. Il assimile les Antillais complices des Européens à des insectes : « hannetons ». « Le petit matin » est synonyme de délivrance, il compare la longue nuit de la colonisation présentée comme le règne de l'empire du mal. Le réveil du peuple coïncide avec « le petit matin ».

Réquisitoire contre « la mission civilisatrice »

Selon lui, l'Europe colonialiste exploite et tyrannise les « sous-hommes ». L'auteur éprouve un amour inconditionnel à ce peuple martyr dont il est issu. C'est pour cela qu'il souhaite son émancipation du joug colonial. Nous assistons à un élan universaliste, le poète s'autoproclame porte-parole de l'ensemble des peuples opprimés. En tant que meneur il déclare : « ma bouche sera la bouche des malheurs qui n'ont point de bouche, ma voix, la liberté de celles qui s'affaissent au cachot du désespoir ». Il dénonce la barbarie coloniale

Puis l'auteur se recentre sur « la mission civilisatrice occidentale » qu'il juge responsable de l'aliénation culturelle, pour accentuer ses propos il recourt à la violence verbale : « nous vous haïssons vous et votre raison » ; « qui écorche ma voix ? Me fourrant dans la gorge mille crocs de bambou. Mille pieux d'oursin. C'est toi sale bout du monde. Sale bout du petit matin. C'est toi sale haine ».

Il justifie cette haine notamment lorsqu'il avoue avoir trahi ses frères noirs quand il était étudiant à Paris. Il se rend coupable et de trahison et met en garde contre les dangers dévastateurs de l'aliénation occidentale. En effet vivant en métropole il ne s'est pas rendu compte qu'il oubliait peu à peu sa culture natale. Pour lutter contre cet oubli il propose une révolution tant au niveau individuel que collectif : « Par une inattendue et bienfaisante révolution intérieure, j'honore maintenant mes laideurs repoussantes ».

De la négritude à la fraternité humaine

Pour lui, la révélation négritudienne ne peut se faire qu'avec une lutte interne via une introspection individuelle et collective, et externe via le mouvement de résistance anticoloniale. Césaire entame le chant révolutionnaire de sa Négritude et revendique sa race : « aucune race ne possède le monopole de la beauté, de l'intelligence, de la force ». C'est une véritable renaissance :

Ma Négritude n'est pas une pierre, sa surdité
Ruée contre la clameur du jour
Ma Négritude n'est pas une taie d'eau morte
Sur l'œil mort de la terre
Ma Négritude n'est ni une tour ni une cathédrale
Elle plonge dans la chair rouge du sol
Elle plonge dans la chair ardente du ciel
Elle troue l'accablement opaque de sa droite patience.
Eia pour le Kaïlcédrat royal !
Eia pour ceux qui n'ont jamais rien inventé.

On comprend que les Occidentaux sont la « tour » et la « cathédrale ».

Il rappelle la pluralité culturelle du monde. Pour lui, il est impossible que la Raison occidentale permette de percevoir la totalité du monde. Au contraire, l'idéologie « civilisatrice » nous rend aveugles.

Le narrateur devient une sorte de héros messianique de l'ensemble de l'humanité persécutée. La Négritude n'est qu'un moyen transitoire mais nécessaire à l'édification d'une société a-raciale. Jean-Paul Sartre le souligne d'ailleurs dans son essai intitulé Orphée Noire : « Ainsi la Négritude est pour se détruire, elle est passage et non-aboutissement, moyen et non fin dernière ». La pensée sartrienne confirme la condition essentielle à l'élévation de l'humanité qui e fera à travers la négritude, annonçant d'une ère nouvelle.

Cahier d'un retour au pays natal reflète la pensée de l'auteur à travers des poèmes. On comprend que derrière le narrateur-personnage, il y a le *Je, Aimé Césaire*. Il insiste tout au long du récit sur la nécessité du retour à la race noire. La Négritude de l'auteur se veut universelle et s'oppose à la pensée impérialiste encourageant une émancipation des jougs coloniaux et des clivages raciaux.

Dans la même collection en numérique

Les Misérables
Le messager d'Athènes
Candide
L'Etranger
Rhinocéros
Antigone
Le père Goriot
La Peste
Balzac et la petite tailleuse chinoise
Le Roi Arthur
L'Avare
Pierre et Jean
L'Homme qui a séduit le soleil
Alcools
L'Affaire Caïus
La gloire de mon père
L'Ordinatueur
Le médecin malgré lui
La rivière à l'envers - Tomek
Le Journal d'Anne Frank
Le monde perdu
Le royaume de Kensuké
Un Sac De Billes
Baby-sitter blues
Le fantôme de maître Guillemin
Trois contes
Kamo, l'agence Babel
Le Garçon en pyjama rayé
Les Contemplations

Escadrille 80
Inconnu à cette adresse
La controverse de Valladolid
Les Vilains petits canards
Une partie de campagne
Cahier d'un retour au pays natal
Dora Bruder
L'Enfant et la rivière
Moderato Cantabile
Alice au pays des merveilles
Le faucon déniché
Une vie
Chronique des Indiens Guayaki
Je voudrais que quelqu'un m'attende quelque part
La nuit de Valognes
Œdipe
Disparition Programmée
Education européenne
L'auberge rouge
L'Illiade
Le voyage de Monsieur Perrichon
Lucrèce Borgia
Paul et Virginie
Ursule Mirouët
Discours sur les fondements de l'inégalité
L'adversaire
La petite Fadette
La prochaine fois
Le blé en herbe
Le Mystère de la Chambre Jaune
Les Hauts des Hurlevent
Les perses
Mondo et autres histoires
Vingt mille lieues sous les mers
99 francs
Arria Marcella
Chante Luna

Emile, ou de l'éducation
Histoires extraordinaires
L'homme invisible
La bibliothécaire
La cicatrice
La croix des pauvres
La fille du capitaine
Le Crime de l'Orient-Express
Le Faucon malté
Le hussard sur le toit
Le Livre dont vous êtes la victime
Les cinq écus de Bretagne
No pasarán, le jeu
Quand j'avais cinq ans je m'ai tué
Si tu veux être mon amie
Tristan et Iseult
Une bouteille dans la mer de Gaza
Cent ans de solitude
Contes à l'envers
Contes et nouvelles en vers
Dalva
Jean de Florette
L'homme qui voulait être heureux
L'île mystérieuse
La Dame aux camélias
La petite sirène
La planète des singes
La Religieuse

À propos de la collection

La série FichesdeLecture.com offre des contenus éducatifs aux étudiants et aux professeurs tels que : des résumés, des analyses littéraires, des questionnaires et des commentaires sur la littérature moderne et classique. Nos documents sont prévus comme des compléments à la lecture des oeuvres originales et aide les étudiants à comprendre la littérature.

Fondé en 2001, notre site FichesdeLectures.com s'est développé très rapidement et propose désormais plus de 2500 documents directement téléchargeables en ligne, devenant ainsi le premier site d'analyses littéraires en ligne de langue française.

FichesdeLecture est partenaire du Ministère de l'Education du Luxembourg depuis 2009.

Plus d'informations sur www.fichesdelecture.com

ISBN: 978-2-511-02965-7

Notes :

Printed in Poland
by Amazon Fulfillment
Poland Sp. z o.o., Wrocław

75776041R00016